Der Bärentöter

ein Roman aus ferner Zeit

von

Karl-Heinz Haselmeyer

Einleitung 3

Aus der Vorzeit 4

Faluns erster Jagderfolg 10

Der Fremde 14

Die Bärenhöhle 18

Der Fremde wird aufgenommen 23

Falun wird zum Bärentöter 26

Frauenraub 28

Aufbruch zur Jagd 30

Mammutjagd 35

Verarbeitung der Beute 38

Ein Todesfall 41

Aufbruch zur großen Bärenjagd 43

Falun schafft sich Winternahrung 47

Es wird Winter 50

Eine Notlage 52

Auf dem Weg zurück 54

Fiebertraum 58

Wieder Daheim 61

Neue Waffen 68

Bärenjagd mit Pfeil und Bogen 72

Faluns letzte Mammutjagd 74

Einleitung

In dem hügeligen Land zwischen dem Wiehengebirge und Osnabrück waren im Jahre 450 v. Chr. in der Nähe einer Fluchtburg mehrere Bauernhöfe angesiedelt. Die Bauern waren stolz auf ihre alte Geschichte, und Erzählungen aus uralter Zeit wurden von Generation zu Generation weitergereicht. In den Langhäusern lebten mehrere Generationen einer Großfamilie mit einigen Unfreien und den Nutztieren gemeinsam unter einem Dach. Die Ältesten in einer Familie wurden mit sehr viel Hochachtung bedacht und ihnen oblag oft die Anleitung der Kinder. Sie unterrichteten Kinder in handwerklichen Fertigkeiten und wiesen sie in Gesetze und Religion ein. Die Ausbildung in der Handhabung von Waffen war die Aufgabe der Väter, die in unruhigen Zeiten ihren Fürsten dienstverpflichtet waren. In kriegerischen Zeiten bot die Fluchtburg des Fürsten Schutz und Unterkunft.

Ein gutes und friedliches Jahr neigte sich dem Ende entgegen, die Vorräte waren aufgefüllt und das Vieh war gesund. Nun sah man dem Winter entgegen und die Zeit der Erzählungen aus alter Zeit begann. Nicht nur die Kinder freuten sich darauf, auch der Älteste der Sippe genoss es, seinen reichen Schatz an Überlieferungen weiterzugeben. Nach getaner Arbeit, auch die Kinder hatten ihre Aufgaben im Haus und Hof, saß das Jungvolk im Dämmerlicht auf dem Fußboden zu Füßen des Ältesten der Sippe.

Aus der Vorzeit

„Heute erzähle ich euch die Geschichte von Falun, dem Bärentöter, der auch Einauge genannt wurde", begann der Greis. „Diesen Beinamen erhielt er aber sehr viel später, als er längst erwachsen war. Ich beginne zu einer Zeit, als Falun fast ausgewachsen war, mit starkem Körperbau und einen Kopf größer als sogar sein Vater, der bisher der Größte in seinem Volke und der Anführer war. Die Geschichte habe ich von meinem Großvater, der sie wiederum von seinem Großvater hatte, der sie auch von seinem Großvater hatte. Ihr wundert euch, dass es immer nur Großväter sind, welche die Geschichte erzählt haben. Das hat seinen Grund, die Mütter und Väter waren immer zu beschäftigt mit der Wirtschaft und davor mit der Jagd, dem Sammeln von essbaren Pflanzen, von Früchten, Pilzen und Beeren und auch mit der Verteidigung ihrer Häuser und davor mit der Verteidigung ihrer Höhle, in der sie gelebt haben, bevor sie lernten Häuser zu bauen. In jungen Jahren hatten sie keine Zeit Geschichten zu erzählen, denn es war ein sehr hartes Leben. Es gab auch Großmütter. Die waren meist sehr beschäftigt mit den kleinsten Kindern und dem Kochen des Essens. Aber die Großväter, sie hatten beim Überlebenskampf ihre Kräfte aufgebraucht und waren kaum noch fähig Arbeiten zu verrichten, doch erzählen konnten sie, sie hatten ja viel erlebt. Sie waren Väter gewesen, hatten selbst das Land bestellt oder hatten jagen, sammeln und kämpfen müssen, und davor waren sie Kinder, die ihrem Großvater in den langen Wintertagen lauschten. Ihr habt die Aufgabe, alles was ich erzähle, in Erinnerung zu behalten, denn ihr werdet die Geschichte weitertragen.

Es ist nun schon sehr lange her, dass unsere Vorfahren in Höhlen lebten und nicht in Langhäusern, in denen wir wohnen. Sie hatten auch noch keine Nutztiere für Milch, Eier und Fleisch. Sie bauten noch keine Feldfrüchte an, was sie brauchten, mussten sie erjagen oder in freier Natur finden. Es waren auch Sueben wie wir, aber sie lebten verstreut in kleinen Gruppen, so weit von anderen Gruppen entfernt, dass genug Nahrung und Wild für alle zur Verfügung standen. Wie wir waren es Nachkommen von Mannu, ihr Gott war Tuisto, welcher der Erde entsprossen ist. Sie fürchteten die Geister des Waldes, der Winde und die Wettergeister. Sie achteten alles Leben und dankten Tieren, welche sie zu der benötigten Nahrung töteten, für ihre Gaben. Kontakt zu anderen Gruppen hatten sie selten und das verlief dann nicht immer friedlich. Es gab aber noch weit verstreut einige Menschen ganz anderer Art, die nicht der heiligen Stätte entstammten und sich mit einer unverständlichen Sprache verständigten. Sie wurden verachtet und aus den eigenen Jagdgebieten verjagt.

Nun zurück zu Falun, der in einer Zeit aufwuchs, in der die großen Eismassen, die bisher das Land bedeckt hatten, sich langsam zurückzogen und ein freies hügeliges Land zurückließen, das dann mit saftigem Gras bewachsen vielen großen Weidetieren reichlich Futter bot. Wo viele Tiere gute Weiden finden, dahin wenden sich auch die Raubtiere, um Beute zu machen. Aber auch die Menschen in jener Zeit verließen die Waldgebiete, in denen sie lebten und Schutz fanden, um in den großen Ebenen zu jagen und genug Fleisch für den nächsten Winter zu erbeuten. Faluns Clan hatte eine lange Wanderung hinter sich und sein Lager an einem Fluss unter einer überhängenden Felswand eingerichtet. Erst vor einigen Wochen waren sie nach langer Wanderschaft angekommen und versuchten mit Steinen aus dem Fluss und mit Zweigen ihr Lager für einen kommenden Winter einzurichten.

Ein Trupp junger Männer war aufgebrochen, den breiten Fluss entlang, durch die moorigen Feuchtgebiete zu den großen Weidegebieten. Es war ein langer schwieriger Weg, an dem Falun zum ersten Male teilnehmen durfte. Sein Vater kannte die Route, er hatte aus einem noch entfernteren Lager seine Männer schon einmal dorthin geführt. Am schwierigsten waren die Moorgebiete zu durchqueren. Dieser Weg war aber der kürzeste und ersparte, obwohl er anstrengend war, viel Zeit. Zwei Männer gingen voraus und tasteten mit ihren Speeren den Boden ab. Es dauerte einen ganzen Tag, bis sie wieder festen Boden unter den Füßen hatten. Sie suchten einen geeigneten Platz zwischen

Büschen und kauerten sich dort dichtgedrängt für die Nacht zusammen. Proviant hatten sie zu ihrem Jagdausflug nicht mitgenommen, sie trugen nur ihre kostbaren selbstgefertigten Waffen.

Damals waren die Waffen noch aus Holz, Stein oder Knochen, Metalle kannten sie noch nicht. Sie hatten auch weder Pfeil noch Bogen, die wir zur Jagd verwenden. Sie hatten nur Speere, Keulen und bearbeitete Steine mit scharfen Kanten.

Ihren Hunger stillten sie unterwegs mit Pflanzen, die sie am Wege pflückten. Sie kannten sich gut mit essbaren Pflanzen und Pilzen aus, verschwendeten aber keine Zeit mit der Suche nach Essbarem, sondern nahmen das, was nahe dort stand, wo sie gingen, und kauten im Gehen. Wasser zum Trinken war in der Natur reichlich vorhanden. Sie gingen ja nahe dem Fluss und überquerten viele Bäche, die sich in den Fluss ergossen. Es war am Anfang des Sommers, tagsüber recht warm, aber in der Nacht wurde es noch sehr kalt. Als es dunkel wurde, mussten sie, weil sie nichts hatten, um sich zu bedecken, einander wärmen und lagerten wie in einem Nest dicht zusammengekauert.

Beim ersten Lichtschein brachen sie auf. Es war noch nebelig und die Sicht war schlecht. Falun lief dicht hinter seinem Vater, der vorausging. Plötzlich blieb sein Vater stehen, schnüffelte und gab ein Zeichen zur Vorsicht. Langsam schlichen sie nun weiter und standen vor einer Wand mächtiger dunkelbrauner Leiber, die sich im Nebel abzeichneten.

Das war es für heute und wenn ihr wollt, erzähle ich euch morgen, wie es weiterging."

Faluns erster Jagderfolg

„Gestern habe ich dort aufgehört, als sich die Jäger bei Nebel vor einer Herde von großen Tieren befanden. Die Sicht war zu schlecht, Faluns Vater gab durch Zeichen zu verstehen, dass sich alle vorsichtig zurückziehen sollten. Als sie behutsam rückwärtsgingen, wären sie fast mit einem großen Büffel zusammengestoßen. Auch das Tier war verdutzt, es wusste nicht, ob es fliehen oder angreifen sollte, aber die Jäger reagierten schnell. Drei Speere trafen fast gleichzeitig die breite Brust des Büffels. Falun hatte ebenfalls seinen Speer mit aller Kraft geschleudert, der Schaft drang tief in das zottige Fell. Der Büffel brach mit den Vorderfüßen ein, kam dann aber wieder hoch und wandte sich gegen die Jäger. Nun kam auch Faluns Vater, der sich als Letzter zurückgezogen hatte. Er rammte seine Lanze mit aller Kraft in die andere Seite und brachte den Kollos damit endgültig zu Fall. Faluns Vater sprach den Jagddank und öffnete mit einem scharfen Stein die Halsschlagader des noch zuckenden und mit den Beinen schlagenden Tieres. Mit den Händen fingen die Jäger das herausströmende Blut auf und tranken es mit gierigen Zügen. Sie lachten, freuten sich über ihr Jagdglück und klopften Falun herzlich auf die Schulter, es war ja das erste große Tier, das er mit erlegt hatte. Nun begann die mühselige Arbeit, den Bauch mit scharfen Steinen aufzutrennen und die Innereien herauszuholen. Die blutige Leber wurde sogleich verteilt und verspeist. Dann musste das Fell abgezogen werden, was bei dem schweren liegenden Körper sehr schwierig war. Sie schufteten und strengten sich an, kamen aber mit ihren unzulänglichen Werkzeugen nur sehr langsam voran.

Sie waren durch ihre Arbeit so abgelenkt, dass sie den fremden Mann erst bemerkten, als er schon zu ihnen getreten war. Es war ein seltsamer Mann, er sah so anders aus, er war kleiner als sie, aber sehr breit gebaut, seine Stirn war flach und er hatte einen sehr starken Unterkiefer. Die Jäger sprangen auf und ergriffen ihre Waffen. Der Fremde machte aber begütigende Gesten und brachte fremde Laute hervor. Er trat an den Kopf des Büffels, fing mit seiner Hand das nun nur noch langsam rinnende Blut auf, schaute bittend, trat vorsichtig zurück und trank das Blut. Dann zog er aus einem Fellsack eine längliche schön geformte Steinklinge und reichte sie Faluns Vater. Mit dieser Klinge ließ sich viel besser häuten, und während die Arbeit fortschritt, stand der Fremde dabei und beobachtete alles. Man reichte ihm eine Niere, die er gierig verschlang. Die Steinklinge des Fremden tat dann ebenso beim Zerteilen gute Dienste und der Fremde wartete geduldig auf den Fortgang der Arbeit, fasste auch mit zu, wenn große Kraftanstrengungen nötig waren. Als es Nacht wurde und sich die Jäger zusammen kuschelten, legte er sich in einiger Entfernung schlafen und verbrachte in ihrer Nähe die Nacht. Seine Steinklinge hatte er nach Einstellung der Arbeit zurückbekommen, nicht ohne dass die Klinge zuvor bewundernd von Hand zu Hand gegangen war. So eine gute Verarbeitung und so eine Art Stein hatten sie noch niemals gesehen. Als sich am frühen Morgen die Jäger große Fleischmengen für den Heimweg aufluden, belud sich der Fremde ebenfalls und ging dann mit etwas Abstand hinter ihnen her.

Falun hatte von seinem Vater die ganze Büffelhaut aufgepackt bekommen. Das ist viel schwerer, als ihr meint, so eine frische Büffelhaut hat ein großes Gewicht. Und damit ist für heute Schluss, ab in die Betten. Ich habe noch sehr viel mit euren Eltern zu besprechen."

Der Fremde

„Dann kann es heute weitergehen. Blast die Kerze aus, beim Erzählen brauchen wir kein Licht und Kerzen sind kostbar.

Den Weg durch das Moor konnten sie mit dem schweren Gepäck nicht gehen und so liefen sie den Umweg flussaufwärts. Nach einem beschwerlichen Tag bereiteten sie ein erstes Lager für die Nacht. Mit Steinen errichteten sie eine kleine Mauer, hinter der sie die Fleischvorräte abluden. Sie waren noch damit beschäftigt, da trat ein Hirsch in kurzer Entfernung an den Fluss und trank. Faluns Vater nahm sogleich seinen Speer und ging vorsichtig in diese Richtung. Es dauerte nicht lange, da kam er schwerbeladen mit dem Hirsch auf der Schulter zu der Lagerstätte. Nun wurde der Hirsch ausgenommen und die frische Leber und die Nieren verzehrt. Der Magen und die Därme wurden im Fluss ausgewaschen, dann wurde der Hirsch noch im Fell zu den Fleischvorräten gelegt.

Am kommenden Morgen wurde Falun aufgefordert sich den Fleischvorrat aufzuladen, den sein Vater bisher getragen hatte. Das Büffelfell wurde mit Steinen bedeckt und vorläufig zurückgelassen. Sein Vater nahm sich den Hirsch auf den Rücken. Der Fremde zurrte mit einem Lederband, das er bisher um seine Hüfte geschlungen hatte, die Därme und den Magen zusammen und lud sich das noch außerdem auf. So kamen sie dann zu ihrem Stammquartier am Fluss unter dem überragenden Felsvorsprung. So ein Felsüberhang bietet nur einen unzureichenden Schutz, es war aber der beste Lagerplatz seit langer Zeit. Im Lager lebten mehrere Familien mit vielen Kindern. Die Männer waren meist blutsverwandt, die Frauen aber aus anderen Stämmen, zugewandert oder dort geraubt worden. Vor allem von den Kindern wurden die Heimkehrenden mit viel Geschrei begrüßt. Den Fremden betrachteten sie mit Neugier und Scheu. In der Mitte des Lagerplatzes brannte ein Feuer, das gut behütet und von den Frauen pfleglich erhalten wurde. Kaum hatten die heimkehrenden Jäger sich ihrer Last entledigt, da wurde das mitgebrachte Fleisch emsig geschmort. Dicht gedrängt saßen sie um das Feuer und hielten Fleischbrocken über die Flammen. Aber der Platz am Feuer war begrenzt und so mussten die meisten warten, bis sie an die Reihe kamen. An einer Stelle neben dem Lager hatten einige Männer eine Grube ausgehoben und dahinein wälzten sie große Steine, die bisher am Feuer gelegen hatten. Auf die Steine kamen Fleisch von dem Hirsch, der inzwischen abgezogen und zerteilt worden war, und darauf große Blätter und dann wurde mit Erde abgedeckt. Das große Essen ging bis weit in die Nacht, danach lagerten alle mit gefüllten Bäuchen dicht zusammengerückt an der Felswand. Der Fremde hielt weiterhin etwas Abstand und legte sich neben der Grube mit dem Fleisch nieder, das am nächsten Tage im gegarten Zustand verzehrt werden sollte. Die größte Menge des mitgebrachten Fleisches wurde am kommenden Tag zerteilt, auf Stöcke aufgespießt und zum Trocknen luftig aufgeschichtet.

Die Kinder hatten inzwischen den fremden und so seltsam aussehenden Mann belagert, und da dieser sehr freundlich auf die Kinder einging, hatten die Kinder die Scheu verloren und betasteten und stupsten ihn. Er ließ das geduldig über sich ergehen und streichelte sie vorsichtig über die struppigen Köpfe. Ich habe heute genug erzählt, ihr könnt euch noch untereinander unterhalten."

Die Bärenhöhle

„Geendet hatte ich bei dem gedrungenen Mann mit dem starken Gebiss, der so gut mit Kindern umgehen konnte. Zur Enttäuschung der Kinder war er am nächsten Morgen verschwunden. Niemand sonst, außer den Kindern, kümmerte sich um sein Fortgehen. Nach zwei Tagen kehrte er aber zurück und forderte mit unbekannten Lauten und Zeichen Faluns Vater dazu auf, ihm zu folgen. Faluns Vater war beschäftigt, mochte deshalb diesen Bitten nicht nachkommen und sagte seinem Sohn, er solle mitgehen und schauen, was der Fremde wolle. Nun lief Falun hinter diesem Mann bergauf und musste sich anstrengen, dem Mann mit seinen doch viel kürzeren Beinen zu folgen. Sie kamen immer weiter fort vom Fluss in eine felsige Landschaft. Stellenweise mussten sie die Hände zur Hilfe nehmen, um ein steiles Stück zu überwinden, dabei wurden Falun der Speer und die Keule, die er mitgenommen hatte, zum Hindernis. Der Fremde gab Falun ein Zeichen vorsichtig zu sein und Falun sah den Eingang zu einer Höhle. Er erkannte aber auch gleich an den Spuren vor der Höhle, dass diese nicht ganz unbewohnt war. Der Fremde gab Falun ein Zeichen zu warten und dann hockten beide den ganzen Tag über seitlich weit genug entfernt, aber mit guter Sicht auf die Höhle. Es fing schon an zu dämmern, da kam ein großer Bär aus dem Dunkel der Bäume hervor und begab sich gemächlich zur Höhle. Der Fremde gab Zeichen noch zu warten, aber es blieb alles ruhig, es kam kein zweiter Bär. Dann zogen sich beide zurück und erreichten, es war schon finstere Nacht, den Wohnplatz am Fluss.

Gleich nach dem Erwachen berichtete Falun seinem Vater von der Höhle und meinte, es wäre möglich, dass sie groß genug sei als Wohnstätte für den gesamten Stamm. Faluns Vater war sofort begeistert, er forderte den Fremden auf, auch ihn zur Höhle zu führen. So liefen sie dann zu dritt wieder den Berg hinauf zum

Höhleneingang. Vorsichtig ging Falun mit seinem Vater hinein, der Fremde blieb am Eingang zurück. Sie hatten glühende Holzstücke mitgenommen und fachten das Feuer an, um damit primitive Fackeln, die sie vorbereitet hatten, zu entzünden. In dem Feuerschein sahen sie, dass die Höhle riesig sein musste, denn sie konnten kein Ende erblicken. Vater und Sohn berieten sich und beschlossen, dem Bären aufzulauern, um ihn zu töten. Faluns Vater ging zurück zum Rastplatz, um weitere Waffen zu holen, und der Fremde blieb mit Falun in der Höhle.

An diesem Tag kam der Bär früher zurück und bemerkte sofort die Eindringlinge. Die beiden waren sehr erschrocken, sie saßen in einer Falle, denn der Bär blockierte den Eingang. Der Fremde schob sich an der Wand vorsichtig dem Bären entgegen, der sich aufrichtete und gegen Falun zum Angriff vorging. Falun rammte dem Tier seinen Speer in die Brust, konnte damit den Bären aber nicht stoppen. Eine Tatze sauste nieder, um den Kopf von Falun zu zertrümmern. Falun versuchte zur Seite zu springen, die Tatze sauste knapp vorbei, aber die Krallen an der Tatze rissen die linke Seite seines Gesichts bis auf die Knochen auf. Er wurde ohnmächtig. Der Fremde hatte von hinten das mächtige Tier angesprungen und zertrümmerte mit seiner Keule den Hinterkopf des Bären. Nun lag der Bär auf dem schwer verwundeten Falun und der Fremde versuchte das Tier beiseitezuziehen, ohne Falun noch weiter zu verletzen. Dann lief der Fremde, sammelte Zweige und Moos und baute eine Unterlage für den Verwundeten. Als Faluns Vater zurückkam und den zerstörten Kopf seines Sohnes sah, meinte er, sein Sohn wäre tot, aber der Fremde bedeutete ihm, Falun vorsichtig auf die Zweige zu betten.

In den kommenden Tagen kam in der Höhle eine schlimme Zeit für Falun, er fieberte und konnte mit seiner geöffneten Wange nicht trinken. Alle Mitglieder des Stammes waren schon in die Höhle umgesiedelt und mieden Falun mit scheuen Blicken. Der Fremde war gleich wieder verschwunden, nachdem Falun auf den Zweigen gebettet war, kam aber nach drei Tagen zurück mit einer jungen Frau, die dem Aussehen nach der Menschengruppe des Fremden entstammte. Die Frau brachte Blätter mit und legte sie vorsichtig auf die Wunden. Nun kümmerte sich diese Frau sehr fürsorglich um den Verwundeten, tröpfelte ihm aus einer Blase Flüssigkeit in den Mund, wechselte die Blätter gegen frische, die sie holte, säuberte vorsichtig mit einem kleinen Lederläppchen unverwundete Stellen von Schmutz und Blut und umsorgte ihn Tag und Nacht. Nachdem die Schwellung etwas zurückgegangen war, stellte sich heraus, dass ein Auge fehlte und an der verletzten Seite Faluns Gebiss nicht mehr bedeckt war, Wange und Oberlippe fehlten auf der linken Seite. Dort wo die Haut fehlte, bildete sich Narbengewebe. Sah man Falun nur von der rechten Seite, war er ein sehr gut aussehender junger Mann, sah man ihn von links, sah er grausam aus mit dem zugeschwollenen Auge, den dicken roten Narben und dem unbedeckten Teil seines Oberkiefers. Falun hatte sich auch in seinem Wesen verändert. Er saß trübsinnig herum und starrte an die Felswand. Nur die junge fremde Frau beachtete er mit Zärtlichkeit und nannte sie Nana, da ihm durch die Entstellung auch das Sprechen schwerfiel. Auch mit dem Fremden war er in dankbarer Freundschaft verbunden.

Schluss für heute. Morgen werde ich euch wohl einiges erklären müssen."

Der Fremde wird aufgenommen

„Wie ihr wisst, hat sich die Geschichte vor vielen Jahren zugetragen. Heute leben wir in unseren Häusern aus den Baumstämmen des Waldes mit einem Dach von Schilf, das den Regen abhält und das groß genug ist, damit auch unsere Tiere darin unterkommen. Wir haben Werkzeuge aus Metall, um Bäume zu fällen und um das Schilf zu schneiden. Das alles hatten unsere Vorfahren nicht. Unsere Häuser haben eine Feuerstelle mit einem Schornstein, der den Rauch ableitet. Könnt ihr euch dann das Leben in einer Höhle vorstellen? In der Höhle war es dunkel, das Feuer brannte nur nahe am Eingang und trotzdem wurde der Rauch oft hineingeweht. Es war auch sehr kühl an diesen Steinwänden, besonders im Winter. Aber die Höhle bot Schutz und die Lagerstätten wurden mit Fellen ausgepolstert.

Seit er den Stamm zur Höhle geführt und Falun gerettet hatte, war der Fremde ein vollwertiges Mitglied der Gemeinschaft. Er durfte mitten unter den anderen wohnen und hatte als Dank das Fell des Bären erhalten. Er fing auch an, Worte der Sprache zu erlernen, aber sein Verhalten war noch immer etwas absonderlich. So widmete er sich sehr den Kindern, lehrte sie Steinbearbeitung und bemalte mit den Kindern die Wände der Höhle mit gelblichen Farbsteinen, die er irgendwo gefunden hatte. Sie malten verschiedene Tiere und Jagdszenen. Einmal war der Fremde wieder tagelang verschwunden und kam dann zurück, beladen mit harten Steinen, den gleichen Steinen, aus denen seine Messerklinge gefertigt war. Er zeigte sehr viel Geschick darin, von diesen Steinen scharfe Schneiden abzuspalten, die er dann unter den Höhlenbewohnern verteilte. So wurde er immer beliebter, man nannte ihn nun ´Messer` und später wurde er sogar der Anführer der ganzen Rotte. Doch davon ein andermal, bis dahin passierte noch allerhand.

Falun und Nana waren unzertrennlich, obwohl sie ein etwas auffälliges Paar waren. Der große Falun, der alle überragte, und die kleine Nana, die ihm nur bis zum Bauch reichte. In der Höhlengemeinde lebten die Geschlechter in keiner festen Paarbeziehung, es gab Sympathien und Abneigungen, aber das wechselte. Falun und Nana bildeten darin eine Ausnahme, Falun hatte kein Interesse an den anderen Frauen aus der Höhle und Nana hatte nur

Augen für ihren großen starken Falun. Falun hatte sich daran gewöhnt, dass er beim Trinken den Kopf zur Seite neigen musste und beim Zerkleinern fester Nahrung besser rechts zu kauen hatte. Er ging wieder mit den Kameraden zur Jagd, wobei er oft die Gruppe anführte, denn sein Vater wurde von einigen Gebrechen geplagt und konnte bei längeren Strecken nicht mehr mithalten. Aber sehr oft ging Falun allein auf tagelange Jagdausflüge.

Nun gönnt mir wieder eine Pause, in meinem Alter muss man mit seinen Kräften haushalten, morgen geht es weiter."

Falun wird zum Bärentöter

„Falun hatte sich eine neue Waffe ausgedacht. In einen sehr schweren länglichen Stein hatte er um die Mitte ringsherum eine Kerbe eingehämmert. Dann flocht er mit Fellstreifen eine starke Kordel von einer etwa zweifachen

Manneslänge und befestigte sie am Stein. Nun hatte er eine schwere Keule, die er an dem starken Fellband weit schwingen konnte, mit kreisenden Bewegungen über seinem Kopf. Diese Waffe hatte sich Falun ausgedacht, um Bären zu bekämpfen, ohne ihnen zu nahe zu kommen. Falun hatte es sich in den Kopf gesetzt, dem Bären seine schweren Verwundungen heimzuzahlen. Wenn er nun allein auf eine Jagd auszog, war er nur darauf aus, einen Bären zu finden und ihn zu töten, andere Tiere interessierten ihn dann nicht. Mit den Jahren häuften sich Bärenfelle in der Höhle, und im weiten Bereich um die Höhle herum waren keine Bären mehr zu finden. Da waren aber schon viele Jahre vergangen, Nana hatte elf Kinder geboren, von denen fünf überlebten, alle groß und schlank wie ihr Vater. Aber nun müssen wir in der Zeit wieder zurückgehen, zu der Zeit, als Falun gerade wieder genesen war, denn sonst fehlen der Geschichte wesentliche Teile und diese Teile will ich für morgen aufheben."

Frauenraub

„Ein Sommer ging seinem Ende entgegen, es war die Zeit, in der die Früchte des Waldes gesammelt wurden. Die Männer waren damit beschäftigt Bienennester auszuräuchern und Honig zu ernten, die Frauen und Kinder, selbst die Kleinen, die kaum laufen konnten, waren ausgeschwärmt, um im Wald Beeren zu sammeln. Während die Frauen und die größeren Kinder ihre Fellbeutel mit Beeren füllten, füllten die Kleinen ihre Bäuche und spielten herum. Gegen Abend bemerkte man, dass vier Mädchen, fast schon erwachsen, nicht zurückgekommen waren. Bevor es ganz dunkel war, liefen die Männer noch schnell, um die Mädchen zu suchen. Sie rannten in verschiedene Richtungen und riefen die Namen der Vermissten. Erfolglos kamen sie zurück, lediglich einer der Männer hatte ein halb gefülltes Fellsäckchen gefunden. Faluns Vater meinte: 'Wir werden morgen nach Spuren suchen, die Vermissten waren fast schon Frauen, sie wurden wahrscheinlich geraubt. Es kommen nur zwei Nachbarstämme in Frage, wir werden Frauen für unsere jungen Männer zurückholen.

Am anderen Tage stellte es sich schnell heraus, welcher Stamm für den Frauenraub in Frage kam. Sie beobachteten das Lager der Nachbarn, und als dessen Männer zur Jagd aufbrachen, stürmten die Männer in das fremde Lager, ergriffen junge Frauen und schleiften sie an den Haaren mit sich. Ein alter Mann, der sie daran hindern wollte, wurde mit einer Keule niedergeschlagen. Falun fand es überflüssig einen alten Mann zu verletzen und kümmerte sich um den blutenden Alten. Dadurch blieb er allein im Lager der Angegriffenen zurück. Als er aufblickte, war er umgeben von bewaffneten Frauen und älteren Männern. Falun ergriff seine Waffen und richtete sich auf. Als die Umstehenden sein entstelltes Gesicht sahen und merkten, wie groß und kräftig er war, wichen sie zurück und Falun konnte ihre Reihen durchbrechen und entweichen. Nur ein ihm nachgeschleuderter Speer streifte seine Schulter und hinterließ eine blutende Wunde. Fünf Frauen hatten die Männer geraubt, die von nun an zu der Gemeinschaft gehörten und jungen Männern zur Verfügung standen. Das findet ihr sicher schlimm, doch es war damals der Brauch, Frauen wurden aus anderen Stämmen gutwillig oder aber wie in diesem Fall mit Gewalt dem eigenen Stamm einverleibt. Falun hatte Glück, seine Frau hatte ihn gesund gepflegt und war aus freien Stücken bei ihm geblieben. Damit beendige ich den heutigen Teil der Geschichte."

Aufbruch zur Jagd

„Setzt euch näher heran, ich bin etwas heiser.

Sie hatten einen Winter in der Höhle überstanden und Nana hatte ihr erstes Kind zur Welt gebracht. Nach der Schneeschmelze war ein Jagdtrupp aus Frauen und Männern aufgebrochen, um weiter im Norden Großtiere zu jagen. Zurückgeblieben waren nur einige Frauen mit den Kindern, Faluns Vater, einige Greise und Messer, der die Zurückbleibenden beschützen sollte. Den Kindern war zuerst aufgefallen, dass unten am Fluss weitere Jagdgemeinschaften mit vielen Jägern nach Norden zogen. Von den Erwachsenen wurden sie ermahnt sich ruhig verhalten, um keine Aufmerksamkeit auf sich zu lenken. Die Erwachsenen machten sich Sorgen um ihre Angehörigen, denn man musste davon ausgehen, dass eine Begegnung mit einem fremden Volk nicht friedlich verlaufen würde. Messer brach sogleich auf, um die unbekannte Rotte zu umgehen, die am Fluss nach Norden zog, die eigene Jagdgruppe einzuholen und zu warnen. Er hielt kaum Rast und hatte die eigenen Leute am zweiten Tage eingeholt. Falun entschied, dass die Jagd mit Unbekannten im Rücken riskant wäre, teilte seine Jagdkameraden so ein, dass nicht sofort ihre Anzahl auszumachen war, und erwartete das andere Volk gut sichtbar am Fluss.

Die fremden Leute kamen zögernd näher, sie waren von der gleichen Rasse, und wie es sich herausstellte, hatten sie auch die gleiche Sprache, wenn auch mit einem anderen Tonfall. Der große entstellte Mann schüchterte sie etwas ein und sie blieben friedfertig. Falun musste sich Mühe geben verständlich zu sprechen, was ihm nicht leichtfiel. Sie kamen überein, ihre Gruppen zu vereinigen und gemeinsam Mammuts zu erlegen. Die Mammutjagd war sehr gefährlich, da waren viele Jäger sehr von Vorteil. Sie waren viele Tage zusammen unterwegs und zwischen den jungen Männern und Frauen bildeten sich gemischte Paare.

Wie selbstverständlich hatten sie Falun als Führer anerkannt. Für Falun war das eine sehr schwierige Position, er hatte noch nie an einer Mammutjagd teilgenommen und sollte nun die Verantwortung für so viele Personen übernehmen. Er konnte sich nur heimlich mit Messer besprechen, und der hatte in dieser Jagd Erfahrungen. Zweimal hätte er schon so eine Jagd erlebt, sagte er Falun und erklärte ihm genau, wie er vorgehen und worauf er achten müsse. Messer versprach auch Falun an seiner Seite zu bleiben.

Sie wanderten durch die weite Ebene, sahen viele Herden, erlegten ab und zu ein Tier, um es zu verspeisen, trafen aber auf kein Mammut. So verging fast ein Monat. Sie wollten schon umkehren und auf dem Rückweg den notwendigen Fleischvorrat durch die Jagd auf andere Tiere auffüllen, da meldete einer der vorgeschickten Späher eine Herde dieser Riesen. Die Männer näherten sich sehr vorsichtig kriechend im hohen Gras. Selbst aus der Ferne waren diese mächtigen Leiber furchterregend. Messer riet Falun die Tiere an die Böschung des Flusses zu treiben, denn bei einem Angriff im flachen Land würden viele Jäger die Jagd nicht überleben, und wenn die Herde flüchten sollte, wären die Tiere sehr viel schneller als Menschen und könnten entkommen.

An dieser Stelle muss ich noch einmal abschweifen. Bei sehr alten Geschichten erklärt sich nicht alles von selbst. Sogar Worte ändern ihre Bedeutung, alte Worte geraten in Vergessenheit und neue Worte kommen in Gebrauch. Wie soll einer heute wissen, was Mammuts sind. In unserer Welt gibt es keine Mammuts mehr und vielleicht hat es auch diese Tiere nie gegeben. Mein Großvater war sich darin nicht ganz sicher. Er sagte, es sollten Tiere mit gewaltigen Stoßzähnen gewesen sein und so groß, dass sie Menschen fünffach überragt hätten. So kann ich nur sagen, wenn es je solche Tiere gegeben hat, sind sie ausgestorben. Die Jagd unserer Vorfahren kann sie nicht ausgerottet haben. Doch so große Tiere müssen auch viel fressen und damals begannen die großen Grasflächen, die das zurückgehende Eis wachsen ließ, von Büschen und Bäumen verdrängt zu werden. Die riesigen Weideflächen sind verschwunden und damit die Herden von unzähliger Weidetiere. Aber ich glaube fest daran, dass es Falun wirklich gegeben hat und dass seine Geschichte sich auch so zugetragen hat, dazu sind die Einzelheiten viel zu genau überliefert worden. Das gleiche gilt auch für die große Mammutjagd. Davon werde ich morgen weitererzählen."

Mammutjagd

„Falun ließ trockenes Holz sammeln, dazu mussten sie sehr weit laufen, denn auf den riesigen Weiden wachsen keine Bäume. Während dieser Zeit hielten einige der Jäger die Herde unter Beobachtung.

Früh am Morgen, es war noch nicht hell, wurden die Holzstöße angezündet und die Jäger liefen brüllend und Fackeln schwenkend auf die Herde zu. Die mächtigen Leiber setzten sich panikartig in Bewegung. Wie die Jäger gehofft hatten, sahen die Tiere in der Panik die Böschungskante nicht und viele stürzten, wohl auch von nachstürmenden Mammuts geschoben, den Abhang hinunter. Ein Teil der Herde konnte seitlich ausbrechen und entkam. Nun setzte ein großes Gemetzel an, von oben warfen die Jäger ihre Lanzen und große Steine. Falun war erschrocken, wie sehr diese Tiere in ihrer Not schrien. Oben von der Kante schaute man auf einen Haufen zuckender Leiber. Der Fluss färbte sich rot. Bis die Sonne wieder am Horizont verschwand, suchten die Jäger große Steine und warfen sie hinunter. Erst am folgenden Morgen wagten sie sich herab, um den Erfolg ihrer Jagd sicherzustellen.

Man muss sich fragen, warum waren die Jäger so erpicht darauf, diese Riesen zu erlegen, wo doch in diesen großen Grasflächen so viele leichter zu erjagende Tiere weideten. Da waren riesige Herden von Moschusochsen, Büffeln, Pferden und Hirscharten. Die Antwort könnte sein, dass man vor allem das Fett der Tiere haben wollte, das als energiereiche Nahrung geschätzt war und sich gut lagern ließ, ohne zu verderben. Ebenso wollte man die Stoßzähne der Mammuts und auch die Knochen haben, die man mit Steinen zersplitterte, um an das Knochenmark zu gelangen, und die anfallenden Splitter und Bruchstücke konnte man zu Werkzeugen verarbeiten. Es gab kaum etwas an einem toten Mammut, das sich von den Menschen damals nicht verwerten ließ. Wie man das in jener Zeit geschafft hat, nur mit scharfkantigen Steinen die dicke Haut zu durchtrennen und Fleischstücke von den Knochen abzulösen, ist mir heute ein Rätsel. Wie diese Menschen den Transport der großen Mengen Fett, Knochen und Fleisch über die große Entfernung zu ihrer Höhle bewältigt haben, werde ich später berichten. Zuerst bauten sie sich ein Lager, denn die reiche Beute musste verarbeitet und für den Transport vorbereitet werden.

An dieser Stelle machen wir wieder eine Pause. Morgen ist auch noch ein Tag."

Verarbeitung der Beute

„Ich hoffe, dass die grässlichen Jagdszenen euch nicht den Schlaf geraubt haben. Leider sind es nicht immer nur schöne Begebenheiten, die weitererzählt werden. Begegnungen mit der wunderschönen Natur, das Lauschen auf Vogelgesang, eine wohlige Rast in wärmender Sonne, die Zuneigung von uns nahestehenden Menschen, das alles kennen die Zuhörer, das ist ihnen nicht neu. Aber eine Mammutjagd, das Wohnen in einer Höhle und das Überleben in einer eher feindlichen Umgebung, das wird über Generationen weitererzählt und genau das werde ich nun tun.

Die schwere Arbeit fing erst nach der Jagd richtig an. Die Vorräte mussten sichergestellt und haltbar gemacht werden. Die toten Tiere lockten auch Raubtiere an und so mussten während der Arbeit immer einige Jäger Wache halten. Oben auf der Böschung wurden Gestelle errichtet, an denen man das abgetrennte

Fleisch aufhing. Zwischen den Gestellen brannten kleine Feuer, auf die frisches Holz gelegt wurde, wenn sie heruntergebrannt waren, damit sie möglichst viel Qualm entwickelten. Mit den Feuern sollten die Trocknung beschleunigt und gleichzeitig das Fleisch geräuchert werden. Man konnte so große Tiere natürlich nicht häuten, aber die Männer trennte Teile der Haut ab, auf denen dann das abgelöste Fett aufgeschichtet wurde. Andere Teile der Haut benutzten sie, um Unterkünfte für die Nacht zu bauen. Die Stoßzähne dienten als Gestelle, sie wurden aufgestellt und mit abgetrennten Hautstücken abgedeckt. Nach Rücksprache mit Messer hatte Falun das so angeordnet, da beide meinten, die Arbeit werde viele Tage andauern, was auch eintraf.

Unten am Fluss hatte man nun große Feuer angezündet, denn die Raubtiere wurden immer zudringlicher. Am geschicktesten waren die Geier, die in unbeobachteten Momenten immer wieder versuchten, schnell einen Happen zu erbeuten, und meistens Erfolg damit hatten. Für den Heimweg wurden aus den Gestellen zur Trocknung des Fleisches Tragen für den Transport der Beute gebaut, so dass vorn und hinten je ein Träger mit Riemen von Mammutleder über den Schultern die schwere Last trugen. Dass man mit so schwerem Gepäck nicht sehr schnell vorankommt, könnt ihr euch denken und so dauerte es einige Tage, bis sie unter Umgehung der Moore das Lager von Faluns Gruppe erreichten.

Heute ist noch ein wenig Zeit und ihr könntet mir nun einmal erzählen, wie euer Tag verlaufen ist. Ihr wart bei dem schönen Wetter den ganzen Tag mit dem Vieh unterwegs und habt so einiges erlebt. Ich konnte nur vor dem Haus etwas in der Sonne sitzen und habe dabei Schuhe geflickt. Unser Nachbar sagte mir, es seien wieder Wölfe unterwegs und seine Hirten hätten nicht aufgepasst, zwei Schafe hätte er verloren. Habt morgen gut acht, aber ich weiß ja, dass ihr sehr aufmerksam seid. Nun bin ich müde, also dann bis morgen."

Ein Todesfall

„Da sind wir also wieder zusammen und ich kann die Erzählung von dem Bärenjäger fortsetzen.

Als die Männer erschöpft von dem langen Weg und dem Tragen der schweren Last zur Höhle kamen, war es anders als sonst, es war still, niemand kam ihnen freudig entgegen. Bedrückt kamen einige und halfen ihnen sich ihrer Last zu entledigen. Ihre traurigen Blicke wanderten zu Falun, in dem sogleich eine starke Angst hochstieg. Er dachte sofort an Frau und Kinder, aber die kamen schon aus der Höhle und umarmten ihn traurig, da wusste er, es musste etwas mit seinem Vater sein. Nana sagte leise: „Er starb vor zwei Tagen, ich war bei ihm und konnte seine Hand halten." Falun trat in die Höhle und sprach leise zu dem aufgebahrten Toten. Es war Brauch, einen Anführer mit großen Ehren unter schweren Steinen zu bestatten. Das Grab errichteten sie unten am Flussufer. Gleich nach dem letzten

Stein versammelten sich alle, um den neuen Anführer zu bestimmen. Viele dachten an Falun und nannten seinen Namen. Falun sagte aber, er könne das nicht annehmen, er wolle weiterziehen in ein Land, wo es noch viele Bären geben solle. Außerdem wäre Messer der bessere Anführer, Messer hätte viel Erfahrung und wäre der beste Schutz für den Clan. Dieser Vorschlag erhielt allgemeine Zustimmung und so wurde ein ehemals Fremder, der zudem noch andersartig war, der Anführer dieser Gruppe. Nana war sehr traurig, weil Falun für längere Zeit sie und die Kinder verlassen wollte, aber mit den Kindern konnte sie Falun nicht ins Ungewisse folgen. Messer schenkte Falun am Vorabend seines Aufbruchs zum Abschied seine beste Steinklinge. Am frühen Morgen verabschiedete sich Falun von Frau und seinen Kindern, nahm den schweren Stein mit dem geflochtenen Lederband und seinen Speer, verließ leise die Höhle, bevor alle erwachten, und machte sich auf den Weg.

Und ihr macht euch, wie ich hoffe, auf den Weg zur Schlafstätte."

Aufbruch zur großen Bärenjagd

„Falun ging am Rand eines kleinen Flüsschens, das sich in den großen Fluss ergoss, gegen die Fließrichtung hin, wo sich in weiter Ferne hohe Berge am Horizont abzeichneten. Die Berge hatte Falun vor Tagen von einer kleinen Anhöhe aus gesehen, im Bachtal versperrten Bäume die Sicht in die Ferne. Falun lief schon zwei Tage lang, der Bach wurde zwar etwas schmaler, aber er floss ruhig dahin, also waren die Berge noch weit entfernt. Falun sah auch viele Tiere, meist kleinere, die schnell weghuschten, und viele Vögel, angefangen bei den kleinen Sängern, die Falun an ihrem Gesang erkennen konnte, bis zu großen Wasservögeln und vielen Reihern, die am Rande des Wassers auf Beute lauerten. Spuren von Bären hatte er noch nicht bemerkt. Ein Gewitter zog herauf, Falun zog sich etwas aus dem Bachbett zurück und richtete sich mit Zweigen einen kleinen Unterstand ein. Es wurde ein kräftiges Unwetter, der Sturm heulte durch die Baumkronen, es wurde düster unter den Zweigen, grelle Blitze blendeten die Augen und die Donnerschläge gingen in ein hässliches Krachen über. Dann stürzten große Wassermassen herab. In kurzer Zeit war die Kuhle, in der Falun kauerte, voll Wasser. Das Gewitter zog weiter und Falun befreite sich von den Ästen, die er als ein Schutzdach eingerichtet hatte und die durch den heftigen Regen auf ihn gefallen waren. Der sanft fließende Bach war zu einem breiten, wild fließenden Gewässer angewachsen. Der Weg im Bachbett war versperrt und Falun musste sich nun im Unterholz und Morast durchkämpfen. Er wollte für diesen Tag seine Wanderung beenden und sich für die Nacht ein Lager einrichten, da sah er in dem aufgeweichten Boden die Abdrücke von Bärentatzen. Jetzt war an eine Pause nicht mehr zu denken.

Er entnahm seinen großen Schleuderstein dem Fellsack, den er auf dem Rücken trug, deponierte sein Gepäck in der Astgabel eines Baumes und folgte den Spuren. Nach einiger Zeit fand er Bärenkot, der leider schon erkaltet war. Da der Tag schon weit fortgeschritten war, ging Falun lieber zu seinem Gepäck zurück, um die Fährte am folgenden Tag in der Frühe wieder aufzunehmen.

Dem Unwetter folgte ein herrlicher Tag, kein Wind und keine Wolke waren am Himmel. Die Fährte verlief nahe am Bach. An einer kleinen Senke, die mit Wasser überschwemmt war, endete die Spur und Falun ging suchend am Rand der Senke weiter. Wahrscheinlich hatte der Bär Falun schon beobachtet, denn er brach plötzlich aus dem Unterholz, um sich auf Falun zu stürzen. Der hatte keine Zeit, um seine stärkste Waffe, seinen Schleuderstein, zu benutzen, warf seinen Speer mit ganzer Kraft und traf den Bären direkt am Hals in die Brust. Der Bär brüllte laut auf, stockte einen Moment und richtete sich dann auf.

In der kurzen Zeit hatte Falun schon seinen Stein bereit, wirbelte ihn über seinem Kopf und ließ ihn dann gegen den Kopf des Bären prallen. Der Bär fiel wie leblos in das seichte Wasser. Falun sprang schnell hinzu und durchschnitt mit seinem Steinmesser die Schlagader am Hals. Das schwere tote Tier aus dem seichten Wasser zu ziehen, war zu aufwändig. Falun schlug nur mit einem Stein die Reißzähne des Bären als Trophäe aus und wanderte weiter. Den nächsten Bären sah Falun nach zwei Tagen auf einer felsigen Kuppe, aber auch der Bär sah ihn kommen. Sie umrundeten einander und machten sich beide zu einem Angriff bereit. Aber bevor der Bär angreifen konnte, wurde er bereits von dem schwirrenden schweren Geschoß getroffen und war wahrscheinlich sofort tot. Nun ging Falun daran, das schwere Tier auszunehmen und zu häuten.

Bevor ich heute Schluss mache, muss ich euch einiges erklären. Ihr habt beim Schlachten zugeschaut. Nein, das Töten von Tieren ist nicht schön, ich will euch auf etwas anderes aufmerksam machen. Wir haben eine feste Feuerstelle, Messer und Beile, wir haben Gefäße und Kupferkessel, wir haben Mollen aus Holz und viele Kleinigkeiten, die Falun nicht zur Verfügung hatte, nicht einmal einen Bindfaden hatte er. So hatte Falun große Schwierigkeiten das Fleisch von dem Bären zu verwerten und es haltbar zu machen. Davon morgen."

Falun schafft sich Winternahrung

„Das Fell breitete Falun mit der Innenseite nach außen aus und schichtete darauf Fleischstücke, die er aus dem Rücken und dem oberen Teil eines Hinterbeins heraustrennte. Dann aß er einen Teil der Leber. Beim Essen sah er, dass sich bereits Geier in noch respektvoller Entfernung gesammelt hatten. Als Falun satt war, zog er den Kadaver den Berg hinab, weg von seiner Lagerstätte. Danach sammelte er Holz und machte zwischen zwei großen

Steinen ein Feuer. Er hatte viel trockenes Holz angehäuft und fachte das Feuer stark an. Inzwischen sammelte er größere Steine und häufte sie neben der Feuerstelle. Als er genug zusammen hatte, holte er viele grüne Zweige, die grade so dick waren, dass er sie abbrechen konnte. Um Zweige mit seinem Steinmesser zu schneiden, dazu fehlte ihm die Zeit. Er ließ das Feuer herunterbrennen und warf die gesammelten Steine in die Glut, darauf legte er dann die grünen Zweige, und als alles bedeckt war, legte er das Fleisch darauf und bedeckte alles mit dem Bärenfell, mit der Innenseite nach unten. Es qualmte sehr, dicke Rauchwolken kamen unter dem Fell hervor.

Nun hatte Falun etwas Zeit, er lief den Hügel hinunter zu dem Flüsschen, trank und wusch sich Arme und Hände, die noch ganz mit dem Blut des Bären verschmiert waren. Als er wieder zurück zur Feuerstelle ging, beobachtete er, wie sich die Geier um den Kadaver zankten. Als der Rauch, der unter dem Fell hervorkam, nachgelassen hatte, lüftete Falun das Fell. Die Innenseite des Fells war etwas angebrannt und auch einige Fleischstücke waren angekokelt, aber viele waren in einem guten Zustand. Er wickelte das geräucherte Fleisch in das Bärenfell und entfachte wieder das Feuer, denn er hatte gehört, dass sich bei dem Kadaver noch andere Liebhaber eingefunden hatten. Es war inzwischen dunkel geworden, aber es war zu hören, dass sich zwischen Gekreisch der Geier noch Knurren gemischt hatte, der Kadaver musste auch Wölfe angelockt haben. In der Nacht schlief Falun nur einige Augenblicke und hielt das Feuer am Brennen. Am Morgen verpackte er das Fleisch und ließ das angekokelte Bärenfell zurück. Er ging weiter hin zu den hochragenden Bergen.

Morgen mache ich eine Pause, ich muss mit unserem Nachbarn etwas besprechen und das wird bis zum späten Abend dauern. Es könnte sein, dass es keine Wölfe waren, die seine Schafe töteten. Es waren Fremde im Tal, die nicht gesehen werden wollten. Wir müssen vorsichtig sein."

Es wird Winter

„Es waren doch Wölfe, welche die Schafe gerissen haben, man hat die Reste gefunden. Unsere Tiere sind sicher im Stall und ich kann weitererzählen.

Im Herbst war der Tisch für den Bärentöter reich gedeckt mit Früchten, Beeren und Pilzen. Das brachte Abwechslung in die sonst einseitige Ernährung. Falun fand auch Nüsse, die er einsammelte, und als sein Fellsack voll war, merkte er sich den Ort, um ihn später vielleicht nochmals aufzusuchen. Es ging nun steil hinauf, Bäume wurden seltener, Büsche mit Blumen und Beeren hatten sich die Plätze zwischen den Felsen erobert. In einer Felswand fand Falun einen weiten Spalt, fast eine kleine Höhle. Dieser Ort schien ihm geeignet, um den Winter zu überstehen. Er deponierte seine Habseligkeiten, nahm seine Waffen und ging zum Jagen. Schon am nächsten Tag kam er zurück mit einem frischen Bärenfell, mit dem er den Spalt auspolsterte. Noch am selben Tage lief er zurück und las so viele Nüsse auf, wie er tragen konnte. Hinten in seiner kleinen Wohnhöhle legte er sich ein Vorratslager für den Winter an. Zur Jagd ging er noch einmal, blieb aber länger seiner Höhle fern, und als er zurückkam, war er bepackt mit einem Fell und viel geräuchertem Bärenfleisch. In der Zwischenzeit hatte es schon einmal geschneit und es blies ein sehr kalter Wind. Nun suchte Falun nach Beeren, die noch nicht vom Schnee bedeckt waren, und trug trockenes Holz zusammen. Direkt vor seiner Höhle hatte er sich eine Feuerstelle eingerichtet. Der Platz in dem Felsspalt war eng, es reichte nur für seine Vorräte und seine beiden Bärenfelle, aber er konnte sich ausstrecken. Es wurde nun immer kälter und der Wind trieb große Mengen Schnee vor die Höhle. Es dauerte nicht lange, da lag der Schnee so hoch, dass kein Durchkommen mehr war. Den Himmel konnte Falun nun nur noch durch den oberen Spalt sehen. Seine Feuerstelle hatte er sich freigescharrt und verbrannte alles Holz, das er gesammelt hatte und noch erreichen konnte.

Morgen werde ich euch von dem langen Winter erzählen und zu welchen Einsichten Falun in seiner Einsamkeit kam."

Eine Notlage

„Eingesperrt von einer riesigen Schneewand, die der Wind an dem Felsen aufgeschichtet hatte, der Falun Unterschlupf bot, war Falun zur Müßigkeit verdammt. Das Feuer hatte ihn zuerst verlassen, alles Holz war verbrannt. In den kalten Nächten war es selbst unter den dicken Bärenfellen sehr kalt. Seine Vorräte waren schnell verbraucht, nur getrocknetes und geräuchertes Bärenfleisch war noch vorhanden. Gegen den Durst musste er Schnee lutschen. Aber das war alles noch nicht das Schlimmste. Falun bekam Heimweh, nach seiner Familie und der ganzen Sippe, und das wurde immer schlimmer, je länger er in dieser Einsamkeit eingesperrt war. Oft meinte er, dass er es nicht mehr ertragen könne, und seine Gedanken gingen wie Wackersteine in seinem Kopf herum. Er dachte an den Tod und seinen Vater, bald wäre auch er alt und müsse sterben. Was war das Leben, woher kam es und was war nach dem Ende des Lebens? Warum zog er herum und tötete Bären, die an seinen Verletzungen keine Schuld trugen? Wozu war er nütze? War es nicht seine Aufgabe seine Familie zu schützen? Was war es, das alles bewegte, die Schneemassen, den Wind, die helle Sonne, den Mond und die hellen Sterne, wenn der Himmel klar ist? In manchen Nächten konnte er durch den Spalt über sich die Sterne leuchten sehen. Nichts durchdrang diese Stille unter der dicken Schneeschicht, ganz selten vernahm er den Wind und einmal meinte er Wolfsgeheul zu hören. Dann wurde seine Einsamkeit noch stärker und dieser starke Mann weinte bitterlich. Erst wusste er nicht, was es war, das aus seinem Auge kam, er hatte noch nie in seinem Leben geweint. Je länger dieser Winter andauerte, desto teilnahmsloser wurde er, döste die meiste Zeit und versuchte seinen Gedanken zu entkommen. Falun merkte nicht einmal mehr, dass er oft laut redete. Nun war auch der letzte Rest vom Bärenfleisch aufgegessen, geschmeckt hatte es schon lange nicht mehr. Wenn der Hunger zu stark wurde, kaute er am Leder seiner Bärenfelle. Zuletzt wurde er gänzlich ruhig und ergab sich seinem Schicksal.

Nun glaubt nicht, das wäre das Ende der Geschichte, ein langer Winter hat auch sein Ende und wird von einem Frühling abgelöst und der traf Falun noch lebend an. Davon werde ich weitererzählen."

Auf dem Weg zurück

„Falun bekam kaum sein Auge auf, was war das? Er lag im Wasser, die Felle waren schwer und nass und von den Wänden tropfte und rieselte Wasser. Mühsam richtete er sich auf. Die Schneewand vor seiner Höhle war zusammengeschmolzen und gab die Sicht auf einen hellen, sonnigen Himmel frei. Er kam kaum auf seine Füße. Er streckte seinen Kopf aus der Höhle, über ihm segelte ein Adler. Falun hätte vor Freude schreien können, war aber sogar für einen Freudenschrei zu schwach. Er tastete nach seinem Speer, nahm noch den Fellbeutel, in dem sich sein Messerstein und der Feuerstein befanden, und taumelte ins Freie. Seine beste Waffe, der schwere Stein, musste zurückbleiben. Durch den Schneematsch kämpfte Falun sich hinunter ins Tal, dort wo der Bach fließen musste. Er suchte frische Knospen an Büschen und alte vertrocknete Hagebutten, und was er Essbares fand, verschlang er gierig, sogar eine dicke Raupe. Er erwischte auch eine Echse, steckte sie in den Mund, biss kurz zu und schluckte sie hinunter. Danach fühlte er sich schlecht und musste sich übergeben. Sein Magen konnte noch nichts verarbeiten, zu lange hatte er untätig sein müssen. Nachdem alles, was Falun verschlungen hatte, wieder herausgewürgt war, stellte sich wieder der Hunger ein.

Vorsichtig zerkaute er nun einige bekannten Kräuter. Je tiefer er kam, desto grüner wurde es, nur an sehr schattigen Orten befanden sich noch Reste von Schnee. Als er den Bach erreichte, war er sehr erleichtert, der Bach schien ihm wie ein Band zu seinen Angehörigen, nach denen er sich so sehr sehnte. Der Bach hatte Hochwasser und eine wilde Strömung. Falun musste dem Lauf des Baches in einiger Entfernung folgen und Felsen überklettern, an denen der Bach entlangströmte. Von oben sah er, dass an einer seichten Stelle außerhalb der Strömung einige Rehe Wasser tranken. Er versuchte heranzukommen, doch die Rehe bemerkten ihn und flüchteten. Falun kauerte sich an dieser Stelle hinter einen Busch und wartete. Es dauerte einige Zeit, da trat ein Rehbock zaghaft und sichernd ans Wasser und trank. Nun dauerte es nicht lange und es kamen mehrere Tiere ans Wasser. Falun suchte sich ein ganz junges Reh aus, es stand ganz nah neben einem Muttertier. Der Speer traf genau an der richtigen Stelle, das Reh brach sogleich zusammen und die anderen sprangen weg. Falun packte das kleine zuckende Tier und schnitt ihm die Kehle durch. Nun trank er sehr vorsichtig ein wenig von dem Blut. Er schnitt den Bauch auf und entnahm die Leber, von der er einen kleinen Bissen aß. Die Leber wanderte in seinen Fellsack und auch noch ein kleines Stück aus dem Rücken des Tieres, dann ging Falun weiter. Er wäre gern schneller vorangekommen, aber seine Kräfte reichten noch nicht aus. Eine moosige Plattform lud ihn zum Ausruhen ein. Noch bevor es anfing zu dunkeln, aß er ein Stück der Leber und legte sich auf das Polster. Schlaf fand er nicht, er schaute hoch zu den Wolken, die in der Abendsonne etwas Farbe bekamen und sich sehr langsam weiterbewegten und dabei ihre Form änderten. Der Gedanke an seine Familie ließ sein Herz schneller schlagen. In wenigen Tagen konnte er daheim sein. Falun fiel in einen Halbschlaf. Ein Fauchen und Geräusche im Unterholz machten ihn wach. Er lauschte, da hatte wohl eine Wildkatze Beute gemacht, sonst blieb es still, nur ein Uhu ließ seine Stimme erschallen.

Auch meine Stimme wird nun verstummen, ich brauche ebenfalls ein wenig Ruhe, morgen geht es mit frischer Kraft weiter."

Fiebertraum

„Heute haben wir ja ein furchtbares Wetter. Ich befürchte, dass meine Stimme das Sturmgebraus nicht übertönen kann. Wir sollten lieber dem Wetter lauschen und hoffen, dass das Gewitter an uns vorüberzieht. Die Götter zürnen, der Donner kommt immer näher, ich erzähle morgen weiter.

Kein Schaden an Dach und Haus nun kann ich in Ruhe weitererzählen.

Falun erwachte schwach und fiebrig, kaum konnte er sich aufrichten. Einen entsetzlichen Durst hatte er auch. Auf zittrigen Beinen ging er die Böschung hinunter zum Bach und trank ausgiebig. Er hatte seinen Fellbeutel ausgeleert und füllte ihn mit Wasser, dann nahm er seine Kräfte zusammen, um wieder zu seinem Nachtlager zu kommen.

Kaum hatte er sich niedergelegt, schlief er wieder ein. Im Halbschlaf hatte er wirre Träume, er träumte von Geistern der mächtigen Höhlenbären, die ihn verfolgten. Er träumte von seinem Vater und vergessenen Schrecken seiner Kindheit. Er hatte wohl zwei Tage dort gelegen. Als er erwachte, schien hell die Sonne in sein Gesicht, er fühlte wohlige Wärme und sein Fieber und die Kraftlosigkeit waren verschwunden. Er genoss den Gesang der Vögel, doch dann wurde ihm plötzlich bewusst, wo er war, und seine Sehnsucht mahnte zu einem schnellen Aufbruch. Er kam nun schneller voran, aß ab und zu ein wenig von der Rehleber, trank aus der hohlen Hand etwas Wasser, hielt sich aber nicht weiter auf und strebte heimwärts. Nach zwei weiteren Tagen, in den Nächten hatte er kaum geschlafen, kam er in die ihm wohlbekannte Gegend, das beschleunigte noch einmal seine Schritte. Fast im Laufschritt erschreckte er die ersten der Höhlenbewohner, die einen ausgezehrten, abgemagerten Mann auf sich zustürmen sahen. Fast hätten sie sich zur Wehr gesetzt, doch dann sahen sie an den Missbildungen, die eine Seite des Kopfes zierten, dass es Falun war, der zurückgekehrt war. Sie riefen laut und alle kamen aus der Höhle, um ihn zu begrüßen. Nana konnte vor Freude kaum laufen und stützte sich auf ihre Kinder. Falun war völlig erschöpft, die freudige Begrüßung ging wie ein Traum an ihm vorüber. Er aß, was man ihm zusteckte, ohne es recht zu merken. Dann streckte er sich auf seinem Bärenfell aus und war sogleich eingeschlafen. Er schlief die Nacht hindurch und auch noch den kommenden Tag bis zum Abend.

Als er aufwachte und sich von seiner Familie umringt sah, füllte sich sein Auge mit Tränen, die er rasch verschämt wegwischte. In der Höhle bemerkte Falun Veränderungen. Rings herum standen Gegenstände, die er noch nie gesehen hatte. Es waren Behältnisse aus geflochtenen Zweigen. Als Falun sie interessiert betrachtete, trat Messer zu ihm und erklärte ihm: ‚Das sind Körbe, die verdanken wir deiner Frau. Nana hat die anderen Frauen angewiesen, welche Zweige man dafür braucht und wie sie verarbeitet werden können.‘ Falun war mächtig stolz auf seine Frau, es war ihm gleich klar, wie gut die sogenannten Körbe zu verwenden waren. Dann widmete sich Falun seinen Kindern und ließ sich erzählen, was sich alles in der Zwischenzeit ereignet hatte.“

Wieder Daheim

„Heute erzähle ich nicht mehr weiter. In der kommenden Woche gibt es ein großes Treffen aller Sueben. Ihr wisst, wir sind

Semnonen und die gehören zu dem großen Stamm der Sueben. Eure Eltern werden mit euch dorthin gehen. Ihr werdet mehrere Tage unterwegs sein. Ich kann euch leider nicht begleiten, ihr wisst, meine Beine machen nicht mehr mit. Die Zusammenkunft ist sehr wichtig, es stärkt den Zusammenhalt der Stämme und es gibt wohl auch Kunde über die fremden Krieger, die im Süden in unsere Lande eingefallen sind. Zeigt euch dort von eurer besten Seite, wie es sich von guten Semnonen gehört. Nun ab ins Bett und schlaft, damit ihr morgen in aller Frühe mit euren Eltern frisch aufbrechen könnt.

Ich freue mich, dass ihr gesund zurück seid, ich habe euch vermisst. Alle Zurückgebliebenen waren sehr beschäftigt und ich war mir mehr im Wege, als ich hilfreich sein konnte. Nun könnt ihr mir ebenfalls viel erzählen. Zu gerne wäre ich auch mit dort gewesen. Wo ihr nun so viel erlebt habt, mögt ihr denn noch die alte Geschichte weiter hören? Ich denke, diese Geschichte ist mir wichtiger, als sie euch in euren jungen Jahren sein kann. Der Gedanke, dass auch ihr einmal alt sein werdet und euren Enkeln diese Geschichte erzählt, macht mich glücklich und ich weiß, dass mein Großvater und auch dessen Großvater und so weiter glücklich waren, in der Erzählung vom Bärentöter ein wenig weiterzuleben.

Nun also, Falun erholte sich schnell, einige Tage ließ er sich verwöhnen, denn alle bemühten sich es ihm bequem zu machen. Messer ging auf die Pirsch, erlegte ein Büffelkalb und brachte Falun die besten Stücke. Dann hockten die beiden zusammen und schmiedeten Pläne, sie wollten wieder mit den Jägern des anderen Clans auf Mammutjagd gehen. Auf diese Jagd bereiteten sie sich gut vor, es wurden große Tragekörbe aus Weidenruten geflochten und Stricke aus Tierhaaren und Bast gefertigt. Messer hatte noch eine gute Auswahl an Lanzenspitzen, die auf den Schäften angebracht werden mussten. So vergingen einige Tage mit den Vorbereitungen und dann schickte man einen Boten zu der anderen Gruppe, mit der sie schon einmal zusammen gejagt hatten.

Auf dem langen Weg zu den Weidegründen, wo man Mammuts vermutete, ließen sich die Jäger Zeit. Schon wenn die Sonne noch hoch am Himmel stand, wurde nach jagdbarem Wild Ausschau gehalten, das dann abends gemeinsam am Feuer verzehrt wurde. Auch hatten sich die beiden Gruppen viel zu erzählen, von der vergangenen gemeinsamen Jagd und ihren Heldentaten gegenüber diesen riesigen Tieren. Bereits zwei Tage wanderten sie durch das üppige Gras, sie kamen an vielen Herden vorbei, die oft ohne Scheu an ihnen vorüberzogen. Mammuts hatten sie noch nicht gesichtet. Wieder wurde ein Lagerplatz ausgesucht und zwei Jäger gingen eine Mahlzeit zu erjagen. Sie hatten sich einen Vorrat an Feuerholz mitgenommen, denn Holz war auf diesen großen Weiden rar. Nun waren sie dabei ein Feuer zu entzünden. Sie hörten Laute in der Ferne und dann sahen sie etwas auf sich zukommen. Es war eine größere Anzahl von Mammuts, die auf sie zustürmten. Kampf oder Flucht, die Jäger waren verwirrt, doch dann war es auch schon zu spät, um auszuweichen. Faluns Männer sahen noch Menschen, die anscheinend die Tiere vor sich hertrieben. Sie rammten ihre Speere in die heranrasenden Giganten. Einige Jäger wurden niedergetrampelt. Zwei Mammuts brachen zusammen, ein drittes war stehen geblieben und versuchte sich vor den Angreifern zu verteidigen. Da merkte Falun plötzlich, dass die Fremden seine Leute mit ihren kurzen Speeren angriffen, es waren Pfeile, die Falun aber noch nicht kannte. Die Geschosse kamen aus größerer Entfernung, außer Wurfweite für Speere, die Leute Faluns mussten sich zurückziehen. Einige wurden von den Geschossen getroffen. Falun sah, dass Messer von einem Pfeil im Rücken getroffen wurde, strauchelte und dann ins Gras fiel. Er lief zu ihm, riss ihn hoch und folgte den Fliehenden. Als sie außer Reichweite der Geschosse gelangten, bemerkte Falun entsetzt, dass Messer in seinen Armen gestorben war. Als sich alle, die diesem überraschenden Angriff lebend entkommen waren, sammelten, war jeder Zweite verwundet, einige schwer. Die Pfeile ließen sich nur schwer entfernen, denn beim Herausziehen blieben meist die Steinspitzen in der Wunde. Bei einigen war offensichtlich, dass sie ihre Verwundung nicht überstehen würden. Dass die getöteten Mammuts für sie verloren waren, konnte nicht bezweifelt werden. Ihnen blieb nur der traurige Rückzug ohne die ersehnte reiche Beute.

Falun sagte, dass er so nicht zurückkehren werde, gegen diese Waffen könne man sich kaum wehren, die müsse er haben. Alle rieten ihm ab, es war doch sicher, dass der andere Clan Wachen aufgestellt habe. Wenn er versuchen sollte an ihre Waffen heranzukommen, sei das sein sicherer Tod. Falun grübelte, dann ging er einen Büffel zu töten, häutete ihn, überließ seinen Kameraden das Fleisch, zog sich die Büffelhaut über und näherte sich vorsichtig dem feindlichen Lager. Er bemerkte einen, der weit vor dem Lager auf Wache stand. Falun ließ sich sehr viel Zeit und gelangte schließlich unbemerkt in den Rücken des Postens. Dort ließ er das Fell abgleiten und schlich sich leise an. Der Posten blieb arglos und Falun schlug ihn von hinten nieder. Das alles geschah lautlos. Falun nahm sich die Waffen des Mannes, einen fast mannsgroßen Bogen und einen Köcher mit Pfeilen und lief gebückt sowie nach allen Seiten spähend aus der Gefahrenzone. Falun erntete sehr viel Bewunderung seiner Kameraden, aber vorläufig konnte keiner von ihnen mit dieser Waffe etwas anfangen. Dann begann der traurige Rückmarsch mit den Verwundeten, die kaum folgen konnten, und den Gesunden, die ihre toten Freunde und auch ihren Anführer, Faluns Freund Messer trugen. So beschwerlich dieser lange Weg auch war, die Toten mussten mit Ehren bestattet werden.

Ich habe euch einmal wieder recht lange erzählt. Bald werde ich mit dieser

Geschichte zum Ende kommen. Dann werde ich euch von einem anderen Helden erzählen, der auch zu unseren Vorfahren gehört, der aber nicht in so ferner Vergangenheit wie der Bärentöter lebte, sondern als tapferer Krieger starb, als ich noch ein kleiner Junge war."

Neue Waffen

„Wenn ich die Geschichte erzähle von so fernen Vorfahren wie dem Einauge oder Bärentöter, wie er auch genannt wurde, bin ich immer voll von Dankbarkeit, denn ohne ihn und seine Kraft, das beschwerliche Leben damals zu meistern, wären wir auch nicht in dieser schönen Welt.

Heute fange ich mit dem Begräbnis von Messer an, der zeitweise der Anführer dieser Menschengruppe war, und von noch elf weiteren Männern, die an diesem missglückten Jagdausflug teilgenommen hatten. Ich denke daran, dass die

Menschen damals genauso wie wir trauern konnten, vielleicht sogar noch mehr, da sie alle so sehr aufeinander angewiesen waren. Sie betteten die Toten auf sanften Moosen, dann umringten sie den Ort, hockten sich hin und weinten. Diese Menschen der Vorzeit weinten genauso wie wir. Sie blieben so, bis es anfing zu dunkeln. Vorher hatte man schon viele Steine aus dem Fluss zusammengetragen, die wurden nun über den toten Körpern aufgeschichtet. Als das getan war, wurden Feuer entzündet, man saß zusammen und legte die Trauer ab, sprach über kommende Notwendigkeiten und wählte den neuen Führer der Gemeinschaft.

Jetzt konnte Falun die Verantwortung nicht mehr ablehnen, er hatte die größte Erfahrung und genoss das Vertrauen aller. Am nächsten Tag ging das Leben wie gewohnt weiter. Aber nicht ganz, es war etwas Unbekanntes hinzugekommen. Vor der Höhle wurde fleißig geübt mit dem ungewohnten Bogen Pfeile zu verschießen. Es war im Grunde damals schon die gleiche

Waffe, die wir heute noch benutzen, aber für die Höhlenbewohner war es etwas ganz Neues. Es machte ihnen am Anfang große Schwierigkeiten, unter großem Palaver versuchte man einen Pfeil abzuschießen. Zu Beginn war an das Treffen eines Ziels noch nicht zu denken. Als es dann einigen gelang den Pfeil von der Sehne weit fortschnellen zu lassen, waren die eroberten Pfeile schnell verbraucht und die verschossenen mussten gesucht werden. Es dauerte Tage, bis einige etwas treffsicher wurden. Nun begann man Pfeile nachzubauen und probierte sie aus. Man suchte nach Holz für neue Bögen und bemühte sich gute haltbare Sehnen herzustellen, um die Bögen zu spannen. Falun hatte lange überlegt, dann nahm er einen dicken Röhrenknochen und schob in beide Enden zwei Stangen aus Zedernholz. Die Enden des Knochens verschloss er mit Harz und umwickelte sie fest mit Lederstreifen. Die Enden schabte Falun etwas ab und brachte Kerben für die Sehne an. Es brauchte einige Versuche, um die richtige Sehne für den Bogen zu finden, einige rissen unter Spannung. Als er die richtige Schnur fand, hatte Falun einen prächtigen Bogen, einen Bogen, wie es einem Anführer gut zu Gesicht stand. Für seine Schießübungen ging Falun allein hinunter zum Fluss und es dauerte nicht lange, bis er den ersten Hirsch mit zwei Pfeilen tötete.

Falun hatte sich eigentlich vorgenommen, keine Bären mehr zu töten, aber als ihm berichtet wurde, dass sich ein Höhlenbär nicht weit von ihrer Höhle niedergelassen hatte, nahm er seinen Bogen und einen Köcher mit Pfeilen und ging noch einmal zur Bärenjagd. Tagelang beobachtete er den Bären. Es war ein mächtiges Tier mit hellbraunem Fell. Mit seinem schweren Stein wäre sich Falun seines Jagderfolges sicher gewesen, nun musste er auf seine Treffsicherheit mit dem Bogen vertrauen."

Bärenjagd mit Pfeil und Bogen

„Von dieser Jagd erzähle ich euch das nächste Mal. Ihr könnt euch auch schon denken, wir nähern uns dem Ende der Geschichte. Aber es bleibt spannend.

Während Falun den Bären beobachtete und plante, wie er in eine gute Schussposition kommen konnte, wurden beide von einer jungen Frau beobachtet. Es war Faluns erstgeborene Tochter. Nachdem ihr Vater so lange fortgeblieben war, war sie in Sorge aufgebrochen, um ihn zu suchen. Dann hatte sie gesehen, wie ihr Vater den Bären belauerte, und war in sicherer Deckung geblieben. Der Bär war dabei Beeren zu fressen und Falun näherte sich von der Seite. Als er nah genug war, schoss er den ersten Pfeil genau dorthin, wo sich das Herz befinden musste. Der Bär brüllte auf, warf sich herum und richtete sich auf. Da traf ihn auch schon der zweite Pfeil in die Brust. Noch schien so viel Kraft in dem Bären zu sein, dass er erfolgreich angreifen konnte. Falun nahm sich den dritten Pfeil, aber ehe er die Sehne gespannt hatte, traf den Bären eine feste Lanze in die andere Seite. Der Bär brach zusammen und fiel dicht vor Falun nieder. Falun sprang zurück und bemerkte seine Tochter, die ihn wahrscheinlich gerettet hatte. Falun griff in seinen Fellbeutel und zog sein Steinmesser heraus. Er gab es seiner Tochter und meinte: „Es ist dein Bär, schneide du ihm die Kehle durch." Als beide dann gemeinsam den Bären ausweideten und häuteten, überkam Falun ein großes Glücksgefühl, was konnte es Besseres geben als eigene Kinder. Er konnte ohne Sorge dem Alter entgegengehen, seine Kinder würden an seine Stelle treten und sich um ihn sorgen. Die Reißzähne des Höhlenbären bekam seine Tochter als Trophäe und als Beleg, dass sie einen großen Bären erlegt hatte. Später in der Höhle erzählte Falun voller Stolz, was für eine gute Jägerin seine Tochter geworden sei.

Das war die letzte Bärenjagd des Bärentöters, aber noch ist seine Geschichte nicht ganz zu Ende, also dann bis morgen."

Faluns letzte Mammutjagd

„Die beiden Clans brachen noch einmal zur Mammutjagd auf. Sie hatten sich gut ausgerüstet und gingen mit Vorsicht zu Werke. Vier der fünf Kinder von Falun begleiteten ihren Vater. Es wurde eine sehr lange Reise. Dem Anschein nach hatten sich die Mammutherden sehr weit nach Norden zurückgezogen. Es dauerte drei Monate, bis sie eine kleinere Herde sichteten. Es waren nur drei erwachsene Tiere und zwei junge. Die Jäger kreisten die Tiere ein und keines der Mammuts entkam. Nun mussten sie ihre Jagdbeute gut für den langen Heimtransport konservieren. Brauchbare Knochen wurden zu verschiedenen Werkzeugen verarbeitet und große Stücke der Haut auf der Innenseite mit Asche eingerieben und getrocknet. Einen halben Monat benötigten sie für die Verarbeitung. Mitten in der Arbeit traf Falun ein Schicksalsschlag.

Einer seiner Söhne bekam Fieber und starb. Er musste in der Ferne bestattet werden. Dann schlug das Wetter um und es fing an zu schneien. Das stellte sich aber als ein Glücksfall heraus, denn nun konnten sie die schweren Lasten gut verpackt durch den Schnee ziehen, die Gestelle für das Trocknen des Fleisches dienten jetzt als eine Art Schlitten. Als sie den Fluss erreichten, wurden sie von einem feindlichen Trupp angegriffen, konnten sich aber nun mit ihren Bogen gut zur Wehr setzen und die Angreifer in die Flucht treiben. Falun wurde am Bein verwundet, und da sich die Wunde entzündete, konnte er nur unter Schmerzen weiterlaufen. Seine Kinder kümmerten sich um ihn und versuchten ihn zu entlasten. Ein Anführer kann keine Schwäche zeigen und Falun biss die Zähne zusammen. Am Ende der Reise war das Bein dick angeschwollen und vereitert. Daheim in der Höhle bemühte sich Nana mit Umschlägen von Blättern und dem Fett der Mammuts die Entzündung zu stoppen. Es war aber vergeblich, Falun starb an den Folgen der Infektion."

Weitere Bücher von Karl-Heinz Haselmeyer

Besuchen Sie meine Homepage **karl-heinz-hasel-meyer.eu**

Von Karl-Heinz Haselmeyer sind bisher bei Amazon erschienen:

Elitefrauen

Der Roman befasst sich mit dem Phänomen der Zeit verpackt in eine spannende Geschichte. Ein Team von Astronautinnen bricht zu einer Reise ins Universum auf, bei der laut Plan erst die nächste Generation die Erde wieder erreichen kann. Unerklärliche Zeitphänomene ändern alle Reisepläne. Als das ursprüngliche Frauenteam, kaum gealtert, wieder zur Erde zurückkehrt, sind Jahrhunderte vergangen und die Menschheit befindet sich durch technische Verselbstständigung im Niedergang. Durch den Einsatz der Frauen können die Gefahren, die der Menschheit drohcn, abgcwcndet werden.

Das Fenster zur Evolution

Abenteuer in einer unberührten Natur. Nach einer Umweltkatastrophe existieren die Überlebenden in isolierten Städten und werden kybernetisch mental reguliert. Die Umwelt ist für Menschen tabu. Zur Vorbereitung einer Raumfahrt wird eine Versuchsperson ungeregelt in die Tabuzone gesandt, macht Erfahrungen mit der für ihn neuen Selbstständigkeit und erlebt die von Menschen verschonte Natur. Er muss sich mit wilden Tieren und den Naturgewalten auseinandersetzen und lernt andere Lebensformen sowie Affen kennen, dich sich unabhängig von den Menschen weiterentwickelt haben.

Uropageschichten

Der Urgroßvater erzählt seinen Enkeln von seiner Kindheit und Jugend in der Kriegs- und Nachkriegszeit in Göttingen. Ein warmherziges Jugendbuch, das auch für Erwachsene interessant ist.

Symbiose

In der Gesellschaft nimmt die Tendenz zur Selbstoptimierung zu. Was hat das für Auswirkungen auf die Persönlichkeit und die menschlichen Beziehungen, wenn ein Mensch durch die Symbiose mit technischen Objekten eine enorme Gedächtniskapazität und eine hervorragende Denkfähigkeit bekommt? In diesem Science Fiction setzt sich Karl-Heinz Haselmeyer kritisch mit den wachsenden Möglichkeiten der Medizin auseinander.

Terroristen

Was wäre, wenn es einer Terrororganistion gelänge, die Herrschaft über den Erdball zu erringen? Könnte man dann dem Ideal der Gewaltlosigkeit treu bleiben oder wäre es nicht Pflicht, sich mit allen Mitteln zu wehren?

Ein junger Gotteskrieger bereist die Erde auf der Suche nach Naturschönheiten und kommt dabei mit den unterdrückten Menschen in Berührung. Er verliebt sich in eine Wildhüterin im Yellowstone Park. Als er erfährt, dass der Beherrscher der Erde eine vernichtende Eruption im Park auslösen und damit wohl alle Bewohner des gesamten Kontinents vernichten will, kämpft er gemeinsam mit den Bewohnern für ihre Rettung auch um den Preis der eigenen Vernichtung.

Der verbotene Planet

Expeditionen zu einem erdähnlichen Planeten scheiterten unter seltsamen Umständen und endeten in einer Katastrophe. Der Planet wurde unter Quarantäne gestellt und jegliche Landung verboten. Die Besatzung eines havarierten Raumschiffes muss auf diesem Planeten notlanden. Die Überlebenden werden von einem Raumkreuzer gerettet. Das Rettungsraumschiff gerät anschließend insbesondere durch eine mysteriöse Krankheit in Schwierigkeiten. Unter großen Verlusten kann das Geheimnis des verbotenen Planeten geklärt werden.

Interaktiv

Ein Fachmann der „Künstlichen Intelligenz" schildert den Versuch, der Leistung des menschlichen Gehirns nahe zu kommen, und erzählt von den damit verbundenen Problemen. Im Zwiegespräch mit der geschaffenen Apparatur werden wissenschaftliche Themen aus der Teilchenphysik und der Kosmologie sowie zivilisatorische Entwicklungen angesprochen. In kurzer Zeit ist der Rechner seinen Schöpfern überlegen, kann von ihnen nicht mehr kontrolliert werden und geht eigene Wege, was seinen Betreuer in große Schwierigkeiten bringt.

Eisige Höhen

Bei einer unheimlichen Begegnung wird ein normaler Bürger durch Drogen aus seinem einfachen Leben gerissen. Er wird ein gefühlloser Karrierist, dem ein schneller Aufstieg in der politischen Gesellschaft vorgezeichnet ist. Zu spät merkt er, dass er ein machtloses Werkzeug in den Händen einer

Verschwörung ist. Vorsichtig versucht er sich daraus zu befreien. Als die Verschwörung aufgedeckt wird, gilt er zunächst als Hauptverdächtiger, wird aber teilweise rehabilitiert. Was bleibt, sind Scham und Sehnsucht nach seinem einfachen Leben.

Homunkulus

Die alte Geschichte des synthetischen Menschen wird unter modernen Aspekten aufbereitet. Im Vordergrund stehen die Fragen: Was ist Leben und wie ist ein Bewusstsein mit der Erkenntnis und der Intelligenz verknüpft, aber auch, welchen Platz haben Gefühle in diesem Zusammenhang? Fragen, die sich bei weiterem Fortschritt der IT-Forschung wohl einmal stellen könnten. Das geschaffene technische Wesen ist nach kurzer Entwicklungszeit seinen Schöpfern intellektuell überlegen und entgegen allen Erwartungen entsteht eine wechselseitige enge gefühlsmäßige Bindung.

Genderfrei

Nur wenige Menschen konnten einer irdischen Katastrophe entfliehen und leben in einer Höhle hundert Meter unter der Mondoberfläche. Sie suchen einen Neuanfang, ohne in die

verhängnisvollen Fehler der Vergangenheit zu-
rückzufallen, die fast zur Vernichtung der
Menschheit geführt hatten. Da Sprache das Bewusstsein formt, sollen alle Diskriminierungen im
Sprachgebrauch abgeschafft werden. In gender-
freier Sprache werden die Nöte und Zwänge der
Überlebenden geschildert, denen nur ein Ausweg
bleibt, sie müssen versuchen die zerstörte Erde neu
zu besiedeln.

Habilitation

In Form einer wissenschaftlichen Habilitationsar-
beit wird geschildert, wie nach einer
Klimakatastrophe die Manipulationen an der
Keimbahn von Menschen mit dem Ziel einer hö-
heren Hitzetoleranz zu einer neuen Spezies
führten. Die gezüchteten Thermophilen vermehr-
ten sich stark und es entstanden Probleme des
Zusammenlebens. Nach Versuchen, die Venusat-
mosphäre zu reinigen und die Temperatur dort zu
senken, wurden die Thermophilen ausgesiedelt.

Kontakt

Auf der Suche nach außerirdischem Leben stoßen
Wissenschaftler auf Signale, die sich von natürli-
chen abgrenzen lassen. Versuche, diese Signale zu

entschlüsseln, scheitern. Ähnlichkeiten mit dem genetischen Code bringen Forscher dazu, die Signale biochemisch in Materie zu überführen. Diese Versuche münden in eine Katastrophe und müssen gewaltsam beendet werden.

Thomas

Die Innen- und Außenwelt eines kritischen Realisten wird gespiegelt in einem Zeitraum von achtzig Jahren. Das Symbol der geistigen Auseinandersetzung ist der „ungläubige Thomas". Zeitgeschehen, Geschichte und Reflexionen wechseln in bunter Folge. Eine sehr persönliche Geschichte.

Bildet Sprache Bewusstsein?

Die künstliche Nachbildung eines neuronalen Cortex ist ein Quantensprung in der digitalen Datenverarbeitung. Damit taucht die Frage auf: kann sich in einem elektronischen Schaltkreis Bewusstsein entwickeln? Eine Arbeitsgruppe in dem Forschungszentrum geht dieser Frage nach. Der Satz: Sprache prägt das Bewusstsein erweist sich als eine falsche Fährte.

Geschenkte Gedanken

Ein Studium an einer Eliteuniversität in den USA und ein Großvater, der die weltanschaulichen Gespräche mit seinem Enkel vermisst und ihm seine Gedanken per E-Mail weiterhin mitteilt. Der Student aus Deutschland findet die Frau seines Lebens und einen guten Freund, aber mit seinem Großvater bleibt er auch in der Ferne eng verbunden.

Gier

Ein von Gier getriebener erfolgreicher Geschäftsmann schildert auf dem Krankenbett seinen Aufstieg und seinen selbstverschuldeten Absturz. Selbst seine schlimmen Erfahrungen können nicht verhindern, dass er später wieder den Verlockungen der Gier erliegt.

© 2022, Karl-Heinz Haselmeyer
Herstellung und Verlag:
BoD – Books on Demand, Norderstedt
ISBN: 9783756228119